ちくま文庫

砂丘律

千種創一

筑摩書房

目次

Ⅲ

Ⅳ

歌集　砂丘律

Y・Yへ　限りない感情を

I

風化は三月のダマスカスにて

瓦斯燈を流砂のほとりに植えていき、そうだね、そこを街と呼ぼうか

だれひとり悲しませずに林檎ジャムをつくりたいので理論をください

君はあくまで塔として空港が草原になるまでを見ている

祈るかのように額づくショベルカー　砂山にいま夕闇が来る

もう煉瓦という煉瓦がいっせいにはじけた街にやや水の匂い

両手では拾いきれない　はなやいだ宴のあとの床に花びら

三日月湖の描かれている古地図《ふるちず》をちぎり肺魚の餌にしている

どんな嘘も混ぜないように歩いた、君と初冬の果樹園までを

マグカップ落ちてゆくのを見てる人、それは僕で、すでにさびしい顔をしている

明日もまた同じ数だけパンを買おう僕は老いずに君を愛そう

白樺ノ南限

やさしさを持て余しつつどくだみのくだりがとくに仄暗かった

カフェラテの泡へばりつく内側が浜辺めいてもドトールここは

数枚の硬貨を切符に換えにゆくまだ町は冷水魚の気配

粉チーズ切らしてること　またも君は南を上にして地図を描く

磨いても磨いても鍋　曲面に竹の林がくぐもっている

舟が寄り添ったときだけ桟橋は橋だから君、今しかないよ

わたしたち秋の火だからあい（語尾を波はかき消す夜の湖岸に

八月へさよならを言え、鞄にはルーズリーフの束つめこんで

思い出してからは早くて（もうおそい）青鷺がねむい泥をとびたつ

砂の柱にいつかなりたい　心臓でわかる、やや加速したのが

尼ヶ坂駅

だとしたらたぶん悲しみ　夜明けまえグルジア映画をふたりで観つつ

流し場の銀のへこみに雨みちて、その三月だ、君をうばった
かすれたリトグラフィに囲まれて僕はけもののように振り向く

焦点を赤い塔からゆるめればやがて塔から滲みでた赤

窓のすきまから春風が、灯油くさい美術室舞う、羽根っすかこれ

片方の靴ばかりある靴箱は　やがて四月に包まれる街

TOEFLで点がとれない　手をつなぐ以上のことを想像しない

誉められるために画帳へ閉じ込めるやわらかい手首のいくつか

幾度目の花冷えだろう絵のなかのバベルもその絵も未完成だ

梨は芯から凍りゆく　夜になればラジオで誰かの訃報をきいた

はるの夜の高層ビルの空室の海獣の化石、くだらなくない

一粒ずつLEGOのお城をばらしゆき朝には更地と君が残ろう

夜のうちに君がいるうちにくしゃくしゃの地図にいまさら海を探すも

薄日さすしろい小皿に今朝もまたUSBを置く静かに

この濠が海へ繋がっていることのあたりは嘘が深くなってた

君のシャツ干すとき君の肩幅と割れたグラスを　暮れていく朝

さめざめと机の水を飲み干して　この靴はどなたのでしょう

丁寧におられた手紙　初夏の陽にさかさの文字がちょっと透けてる

殴られた君を匿う　とりあえず大きな豆腐が揺れている、湯に

煙草いりますか、先輩、まだカロリーメイト食って生きてるんすか

僕たちを追い越していく終電のひかり　君の髪は濡れてた

油絵は乾きがおそい、裂く、もうそればっかしてる夏の角部屋

雪原で泣くんだろう泣きながらたばこ吸うんだろう僕は

高架下にふたりで埋める雨傘は、傘はそれほど進化しないし

なつふくの正しさ、あとは踊り場の手すりに挿していったガアベラ

赤煉瓦の配水塔に触れながら淡い懺悔を何度でもする

君は淡水でしたね

（その夏は君がいたことシオカラトンボが異常発生してたこと）

爽健美茶とBOSSを買って河口でふたりは蟹をみつけた

海底に夕立ふらず鮃やらドラム缶やら黄昏れている

月の夜に変電所でみたものは象と、象しか思い出せない

このままじゃ　街が河口に沈んだらとても平らな夕景だろう

堤防で一番高いカーブミラーぐおんぐおんゆらす熱い潮風

鳩の声のどこかなにかが狂ってて　真昼、君を押し倒すんだ

この街が滅んだとしてしばらくは沖に停まってるのかい、タンカー

白竜の骸《むくろ》のようで海嶺へきらりきらりと沈むくさりは

水道の水ばかり飲むこの朝にアドリア海は見たことがない

本日は強風のため風車の運転は中止という形でおこる洪水

海流にかすかにまざるファの音の、音を吸っては膨らむ船の、
夕暮れの海へタオルをはためかせはたはた僕らそれを見ている

図書館も沈んだのかい沿岸に漂う何千という図鑑

鉄橋のむこうで君が深々とおじぎをしたらはじめます秋

古都

夕やみのなかを膨らむかんぬきを　ゆっくり押しこまれる門

鯉がみな口をこちらに向けていて僕も一種の筒なんだろう

遠からず君はおどろく飲みさしの壜のビー玉からんとさせて

一葉の写真のせいで組みなおす鳥居と鳥居の後の記憶を

Life is a Struggle

石段は湖底へと延びこれからするであろう悪いほうの祈り

僕たちの運ぶ辞典の頁、頁、膨らみだして港が近い

むかし失くした傘のことも忘れたく体温計の水銀のきらきら

口移しで夏を伝えた　いっぱいな灰皿、開きっぱなしの和英

赤土の水辺にみずがみちていて声もぜんぶぜんぶ覚えていたい

もう服も乾いただろう、行こうか　Perrierの瓶へ吸殻おとし

抒情とは裏切りだからあれは櫓だ櫻ではない咲かせない

イヤホンをちぎるように外す、朝焼ける庁舎の屋根の旗をみあげて

温めてもらったパスタを右ももに感じつつ　またあじさい観たい

朝までにボートが戻らなかったら白い喇叭《らっぱ》はこなごなにして

みることは魅せられること　君の脚は汗をまとったしずかな光

今年最後のゆうだちと知らずに君が水槽ごしに眺めてた雨

オーロラのつづりを知らないまま夜の舗道に滲む油がみえる

溶けかけのソーダの飴をわたすとき城ヶ浜まであと 12 km

風の夜に鐘が鳴ってた、スペードの 13 叩きつける夜に

密にあつまり浮草はあやうい陸をみせる　Life is a Struggle

見事　むしろ　花束のたえない、お出で、たえない町だ　花束

こぼれたミルクに指をつきたてまだ夏風邪の咳をしている君だった

手のひらに青い花びら溢れさせあとどんだけで足りんだ一体

My apologies.

紫陽花の　こころにけもの道がありそこでいまだに君をみかける

割れている爪をかなしむ、朝ごとのポストの軋み、割れている爪

駅前を過ぎ去っていく歳月に君は皐月の、つ、が言えてない

僕の汚いものを詰め込みゴミ袋さげて濃霧の畑を抜ける

声が凍えているな、秋、何度でもマグダラのマリア愛してしまう

食卓へ君の涙のおちるたび草原は蘇えりまた枯れる

手に負えない白馬のような感情がそっちへ駆けていった、すまない

僕たちは狂気の沙汰だ　鍵は落ちて雪の深さへ埋まっていった

II

خفف الوطء ما أظن أديم الأرض إلا من هذه الأجساد

أبو العلاء المعري

偉そうに歩くな　大地の土は死者から出来ているのだから

アブルアラー・アル＝マアッリー（九七三年〜一〇五七年）

鳥取と平衡

ぼかしたら油彩のようになる畦を君と歩いたではないですか

砂底の金魚の影は（ひとつじゃない）打ち明けたあと来るアール・グレイ

きっと崩れだしたら速い七月の旧棟を指さす、すすき原

どうせだし濃い砂けむり立てながらB級のアニメみたいに丘を進もう

海風を吸って喉から滅ぶため少年像は口、あけている

Marlboroの薫りごと君を抱いている、草原、というには狭い部屋
閉じられないノートのような砂浜が読め、とばかりに差し出されている

夏も秋も二音であると示すとき葛のしげった堤防の上

アイデア

遊牧民《ベドウィン》の歌うたいつつ真夏日、戒行寺坂をゆらゆら登る

僕、いいこと思いついた　夕刊でつつんだ鬼灯ひだりてに提げ

防犯カメラは知らないだろう、僕が往きも帰りも虹を見たこと

真夜中の葡萄狩りとは違うから君が電球はめれば光

果実と陰影

どうしてもオリンピックに興味がなくBBCの声を落とした

かといってナショナリズムを離れれば杉の木立はやや肌寒い

憂いなら僕もおんなじ　縦位置と横位置のパレードの写真

恋だとか年金だとかもうよくて今は冷たい葡萄を食べる

クッキーを紅茶の上で割りつつも黒い思考が美しくある

ひらけ

どら焼きに指を沈めた、その窪み、世界の新たな空間として

屋敷

門灯の下までを来てあたらしいコートの水滴を払った

記憶ってきっと液体　かぎりなくうすいきおくをもつ海月だろう

修辞とは鎧ではない　弓ひけばそのための筋《きん》、そのための骨《こつ》

大学通り

車窓から出す手の先にある煙草、君にけむりの速さをみせる

銅と同じ冷たさ帯びてラムうまし。どの本能とも遊んでやるよ

すぎなみ吟行

温かいであろう猫に触れないで僕ら南の海のうわさを

青空の底辺じみた川に沿い歩いて渡らなかった結局

冬の淡い陽のなか君は写真機を構えてすこし後ずさりする

電柱から電線すべて外されて昼をつらぬく柱であるよ

そのころの未来なのだね　桃色に褪せたプラスチックのベンチ

水底が、次いで水面がくらくなり緋鯉はいつまでもあかるい

古本屋という湿地に飛来して5分もせずに次の湿地へ

きらい、四月

春風に値札ほろほろはためいて薄いみどりのトレンチコートの

円にちかい楕円のようなシナリオを銀杏並木をふたりなぞった
君の吐くけむりは風にさらわれてまださん付けで呼びあう僕ら

段ボールを積む、少しずつずれる、去年の夏の約束を破る

奥山心へ

人生は途中で終る物語　むせかえるほど咲く栗の花

辞令と魚

予報士に気団の南下を告げられてまず一報を君につないだ

バス停に僕を待ちつつその指でスマホをときおり撫でるのだろう

新東口で落ちあう夕まぐれ日傘を銃のように抱くのだな

十一月並みのあかるさ　雪虫とすれ違うときかすかに頭痛

にっぽんを発つというのに心臓が仙人掌みたい、メキシコみたい

ドラマなら抱擁すべき階段で最後に鞄を渡してくれた
ばかみたいに鮮やかだった。君のいない世界へ金属探知機《セキュリティゲート》ぬければ

過失などなかった（はずだ）ひたむきに機体は北極圏へ近づく

唇を重ねなかった後悔がトランクを開くときにあふれる

かろうじて氷と読めるお祭りの写真でだいぶ記憶が尖る

昼過ぎの通りは沙《すな》と光であって猫一匹とすれ違うかな

会いたさは来る、飲むための水そそぐとき魚の影のような淡さに

雨と務

夜の窓をあけて驚く、砂まじる風が柳とこすれる音に

通訳は向こうの岸を見せること木舟のように言葉を運び

虐殺を件で数えるさみしさにあんなに月は欠けていたっけ

光にも乾きはあって文字起こし中断すれば両眼の痛み

その箇所を何度も聴けば濃い霧の向こうから来る比喩の強さは

朝が来て集中力はぼろぼろの横断歩道のように途切れる

賢さを求めてるんだ水煙草吸えばカラカラ水は鳴る、舞う

罰について

深く息を、吸うたび肺の乾いてく砂漠は何の裁きだろうか

Ⅲ

磧中作

走馬西来欲到天
辞家見月両回円
今夜不知何処宿
平沙万里絶人煙
岑参

磧中の作

馬を走らせて西来　天に到らんと欲す
家を辞して月の両回　円なるを見る
今夜知らず　何れの処にか宿せん
平沙万里　人煙を絶つ
岑参（七一五年～七七〇年）

秋、繰り返す

秋冷、という言葉を選ぶとき西南西に死海は碧い

はやいもので十日経つのに石段のざくろの皮の赤が消えない

羽に黒い油をつけて換気扇とまる　失意と呼べなくもない

窓際に秋のパスタはくるくると金のフォークが光をかえす

門番が木陰へ椅子を曳いていく、昨日も通った光景《シーン》だこれは

靴スークとおり抜けつつ靴たちのこれから歩く砂地をおもう

keep right

北へ国境を越えればシリアだが実感はなくジャム塗りたくる

召集の通知を裂いて逃げてきたハマドに夏の火を貸してやる

崖へきて石垣へ置く壜のなかレモンジュースは透ける傾き

難民の流れ込むたびアンマンの夜の燈は、ほら、ふえていくんだ

巣のような第五ロータリー離れつつ月下、小声で思想をさらす

新市街にアザーンが響き止まなくてすでに記憶のような夕焼け

映像がわるいおかげで虐殺の現場のそれが緋鯉にみえる

君の村、壊滅らしいとiPhoneを渡して水煙草に炭を足す

……7月18日286人、7月19日247人、7月20日252人

蠟燭の芯をたたせる初めてじゃないから昔したみたいにする

満腹の腹が苦しい、笑わせんな、アブドゥッラーのにわとり踊り

政治的議論はやめて友たちが炭火に集いカバーブ炙る

川というものをわたらない生活　ハンガーはあるけど掛けるかい

一度しか会わない友も友としてヨルダン、ラマダーンの満月

真新しい松の裂け目から滲むふりおろされた暴力の香り

政権を支持する友が美しくこちらへリモコンを構える

正義とは胸に咲かせる金盞花いかなる出撃のときだって

……8月6日242人…8月9日180人

原爆が落とされたという記述ごとハマドは百科事典を閉じる

AMの周波数の標識の海色に惑いつつ丘に立つ

夜、砂と風の空き地をぬけてきて白く汚れた革靴を拭く

いっせいに北指す磁石　フセインのときも疑わなかったでしょう

8月20日、日本人女性ジャーナリスト、隣国シリア北部での戦闘に巻き込まれ死亡

気がつけば水のまったくない部屋にぬるい Macintosh の眠り

正しさって遠い響きだ　ムニエルは切れる、フォークの銀の重さに

舞う砂がレンズの動きを奪うのに似た裏切りといまさら気づく

アンマンの秋を驚く視野の隅、ぎんやんまだったろう、今の
瓦礫を背に男が叫ぶ映像のなかに降りちる落葉みている

来た。　砂色の5JD札ねじ込んでハマドは部屋からいなくなる

燃えながら燃やす炭火はおごそかな木の終り、そのように生きたい

ほぼラムのキューバリバーを飲み干して反政府派のサイトへ飛んだ

なんとか座流星群は北向きの窓からみえずまた水を飲む

蟬の羽根みたいな薄さに包まれてコートが届く真冬のための

十職十景

岩壁を焦がしている野火消し終えてこちらへ歩いてくる男たち

朝の渋滞の隙間にひょいひょいと新聞売りが見え隠れする

まだ夏の居座っている車修理場《ガレージ》でいくつか探す風の類語を

水仙のようによろめき少年は鉄材の束、派手に落とした

ホットケーキ、夕暮れ色に焼けていく　石の集合としての建物

林檎売る屋台のそばの水たまり静かだ、林檎ひとつを浮かべ

枯れるのと死ぬのは違う秋雨にぬれる演習場の野原は

please mind the gap

雑踏の気配に窓の下みれば山羊や羊の群れの蠢き

僕もそのひとりであって東洋系が風の遠くでライター灯す

中国人ではないと告げる、告げるとき蔑《なみ》してないと言いきれますか

ちまみれの捕虜の写真の載る面を裏がえすとき嗅ぐオー・デ・コロン

恐竜のように滅ぶのも悪くない　朝のシャワーを浴びつつしゃがむ

No way

たましいの舟が身体と云うのなら夕陽のあふれている礫砂漠

携帯が通じるのに死ぬ雪山の遭難おもいながら砂踏む

（口内炎を誰かが花に喩えてた）花を含んで砂漠を歩く

廃線が砂漠に規範を敷いている広さの、古さの、そして心の

生きて帰る　砂塵の幕を引きながら正確なUターンをきめる

骨だった。駱駝の、だろうか。頂で楽器のように乾いていたな

聖都

エルサレムのどの食堂にもCoca-Cola並んで赤い闇、冷えてます

半島小論

沙に埋れつつも鈍さをひかってる線路は伸びる旧帝都《イスタンブール》へ

まだ雪の匂いはとおい。まひるまのシャワー室にはタイルの剝がれ

予備役が召集されたとテロップの赤、画面《モニター》の下方を染める

こことと地続きのような曇り空、ウクライナ兵の貌《かお》は映らず

晩冬に冬の始めのような日があって耳まで帽子をおろす

沙降りにビルの頭が霞むのを見上げていれば両肺に沙

愛国、を訳語に選ぶ　色のない都市ガスの地の下の広がり

切り取ったり切り取られたり半島は大きな鋏を引き寄せて雪

駅前の、舞う号外の向こうからいきなり来るんだろう戦火は

蜂蜜にベタつく指へゆらぎなく夜の流水は冷たい

春の少し前

アラビアに雪降らぬゆえただ一語ثلج《サルジュ》と呼ばれる雪も氷も

Ⅳ

I have come to Jerusalem today as a novelist, which is to say as a professional spinner of lies.
Haruki Murakami (Jerusalem Prize acceptance speech)

本日、私は小説家として、すなわち嘘を紡ぐプロとしてエルサレムへ来ました。

村上春樹（一九四九年〜）

（エルサレム賞授賞式スピーチ）

或る秘書官の忠誠

Now Cain said to his brother Abel, "Let's go out to the field."
While they were in the field, Cain attacked his brother Abel and killed him. (Genesis 4: 8)

テイラールッリーフ《風の丘》、風ふきやまず松がみな低く墓標のやうに斜めだ

決裁の四頁目を滑りゆく春陽、車列はすこし西寄りに進んで

英雄は死なねば腐るのみといふ社説の画面《ウィンドウ》、☒押して消す

消費されたい、するのではなく　秘書室のすみに知らない緑の繁茂

油絵の前大統領閣下《父》の笑顔にかこまれて君の羽根ペンの落下は静か

君の明晰な判断　珈琲にミルクは刹那の花を咲かせて

アヴォカドをざつくりと削ぐ（朝の第一報の前のことである）

民衆は感謝をしない　すり切れた地図はテープの光がつなぐ

実弾はできれば使ふなといふ指示は砂上の小川のやうに途絶える

そこだけがずつと新月の夜なのか賊軍の蛮行は書かれず

この歳になつても慣れない。絨毯のやうに平たく死んでゐる犬

クリアファイルかさねつつ言ふ戦火とは遠くにゆれて見えない炎

爆炎が広場を照らしただらう死ぬ直前のウィアームのまだ若い顔も

忠誠を花に譬へちやいけないぜ　高速道路《オートストラード》、夏盛り

西側に落ちて山ごと揺らした。祝砲ぢやないよなと君は嘲つた

オリーブの葉裏は鈍い剣のいろ　反権力を言へば文化人かよ

鉄条網をおほきなペンチが斬るやうに徹夜のあとの眠りへ落ちる

君の横顔が一瞬（しつかりしろ）防弾ガラスを月がよぎれば

で、どつちがリアルだと思ふ。ここからの街のあかりとこのたばこ火と

展望のない革命《反乱》は反乱だ　むかうに鶏頭、妖しく、有害

霧雨をずいぶんと来た　ジャケットがこれは鯨のやうに重たい

いくつかの名前を持つた戦争の／新聞に折り目つければ親指の黒

部下たちの集まつてゐたアカシアの木陰にペプシの王冠の散る

万歳の声が潮《うしほ》であつたときバルコン、今も、激しくひとり

ひそやかに夜の都を落ちるとき荷台はまだ羊の匂ひが、やや

ヘッドフォーン・ガール

しばらくはうすい冷気を帯びていた私の梨から剝かれた皮は

駅前に受け取る袋いっぱいの梨の重さへ秋はかたむく

沈黙の根こそぎピサロよとくと見よ秋の金塊とは梨のこと

北極を呑む心意気、完璧な梨の一切れ口にするとき
梨のない季節へ歩きつつ白いヘッドフォーンをうなじに掛ける

お水いりますよね

手のひらの液晶のなか中東が叫んでいるが次、とまります

川魚の水槽越しに陸橋は揺らぐ四月の光のなかで

【自爆テロ百人死亡】新聞に相も変わらず焼き芋くるむ

広辞苑第三版の中にいて闘いやめぬアラファト議長（1929〜）

戦況も敵もルールも知らされずゲームは進む　水が飲みたい

たおれつつ目に焼き付いた地平線　まただ、余分な凸凹がある

もくてきちをにゅうりょくしてくださいもくてきちをさめた珈琲

枯れ枝にはためく白い木蓮はずっと前からレジ袋だった

春すぎてコンクリートの絶壁を流れ落ちくる蔦のうで、うで

雨上がり歩く僕らへ放たれた新緑からの雫の弾丸

Revolt in Brown

かえで、かえで、かえで降るなか青銅のライター灯し彼へさしだす

アメリカン・ガムが匂っている車内　往復券をぐちゃぐちゃにする

種のあるはずのあたりは溜池のように透けてる種無しの柿

のどぼとけ膨らむ秋に全国でミラノ風ドリアの値下がり

一面の枯葉へひとり沈みこみ枯葉のような貌をしている

朴の枯葉ずずずと動く　釣糸で操られてんじゃないの、違うな

卓袱台に茶色い影が伸びてゆくグラスへとCoca-Cola注げば

御屋敷の壁を曲がればその先はうつくしき行き止まりであろう

ポプラ並木のすきまには細ながい曇天があり紙を燃やした

だいたいが良い記憶です三月の淡雪にかかわるひとはみな
ためらわず火蓋をきったのは　桜　そうつぶやいた瞬間でした

或る牧師

光あれ　一頁目は朝焼ける砂漠へ檸檬を絞るごとくに

パン、ワイン、聖書のみ積みこの街へ来たかったもうトランクも着く

蠟燭が吹かれた一瞬、聖堂の形に闇がふっと固まる

爪たててコンクリートのこの壁のむこうはしずかな草原である
ばら一輪、腕《かいな》に抱いて抱いたまま僕らはいつか車庫に納まる

港には風をうけるかたち光をうけるかたち　ここにいさせて

みんなのひろば

春風邪の鼻すすりつつ城を出る、乾いた泥でできてる城だ

白い服ばかりの店の奥深く飾られている砂漠の太刀は
看板はないが小径の老人はこの先が死刑広場だと指す

よいか汝ら、報復死刑制度の中にこそ生命がある。（クルアーン 牡牛章 第一七九節より）

サイダー瓶、埃に曇る。絶対にゆけない春の柵の向こうで

店員がしまわなければカフェの椅子やがて広場を覆ってしまう

砂というよりも乾きの降る街を帰れば鼻に血の熱さかな

まさに冷夏でしたねと目を閉じてそこに立ってる華奢なバス停

ザ・ナイト・ビフォア

西瓜という水ひとつぶの球体をだいじ、だいじと抱えて帰る

金魚のように重ねて鍵を置くときに半同棲の脆さをおもう

君は髪に雨だった水ひからせて明日見にいく船を讃える

部屋中にシャツを干したらもう昼で、あ、これは雨後の森の粛けさ

現実を離れた海へ軍艦が沈んだところでテレビを消した

ひとびとが溺れ死ぬ聖書のページ　手渡すお茶に氷はまわる

君は怖がらなくていい。岸の写真、枯れているからこれは冬だね

そもそもが奪って生きる僕たちは夜に笑顔で牛などを焼く

教会の鐘きくために窓をあけ、君は日曜日をとりしきる

疲れ足りない僕たちは買いに出る秋の花火のような何かを

最後までアナログなのが自己の死だ　いわし、氷の濁《だく》に包まれ

その内に海を満たして水筒はまだあるだろうその海底に

垂れてくるソフトクリーム　僕たちは国を愛することを憎んで

土匂う秋の花壇のわきに鍬、銃器のような重さを帯びる

急に君はちくわで世界をのぞいてる　僕は近くに見えていますか

開花でも語るみたいに戦線は小さな動画に北上をする

初冬の坂をのぼった、犬ほどの電気ストーブ捨てにいくとき

悲しみの後に、かなしい、という発話　知らない町の川が映った

桜の木、風の重さにしなりつつ　言葉ではまた防げないのか

あれは鰡。夕陽を浴びて預言者の歩幅で君は堤防をゆく

君はパンケーキ頬張る。続きますように。本音の言える時代が

怖くって椅子はかたかた鳴る青いタイルに冬がよく凍みている

幾重にも重なる闇を内包しキャベツ、僕らはつねに前夜だ

君の横顔を独占できたとき冬の全土で灯油の値上げ

もう無理だ、わかってたろう。川に浮く桜花みるような目をして

線香のような松の葉ふみしめて君と海まで最後を歩く

いま、君を帰したあとで柊の花に気づいた、ほら、門のとこ

乗せられたバスから見えたラーメン屋、結局行けなかったラーメン屋

脳にこそ心はあって、でも胸が痛むのです。またラムネしましょう

島嶼部の気圧を伝える声　君は君のベッドに裸眼を眠る

V

اطمئني فلن تضحك لي فتاة.
أنا في حسابهنّ كنخلة على الشاطئ اقتلعها التيار
وجرفها بعيداً عن منبتها.
أنا في حسابهنّ تجارة كسدت.
لكن ما أحلى الكساد معك.
«رسالة إلى إيلين»
الطيب صالح

僕に笑いかけてくる女の子は誰もいないので安心してほしい。
彼女たちにとって僕は、流れに引き抜かれた岸の棗椰子樹《なつめやし》みたいなものだから。
彼女たちにとっては、僕は行き詰まった商売だから。
でも、貴女と一緒にいろいろと行き詰まっていけたのは本当に楽しかった。
『エイリーンへの手紙』アッ=タイイブ・サーリフ（一九二九年〜二〇〇九年）

ひ

君じゃない人と歩けば降りそそぐこれは祝福の桜ではないな

手がふれたときから僕の背景で夕立がやまなくって困る

街はやや丘でありその傾きに沿う水道管とあなたの機嫌

煙草すうように指先持ってきてくちびるの皮むく春の駅

しめらせた切手を渡した昼がある　あなたは渡英のことを言ってた

ぎりぎりまで明かり落とすと炭酸を飲みほす気配が横でしている

藤棚はいよいよしげりその下に、来る、夜の水辺みたいなものが

Ancient Talk

まっさらな中洲へ渡った、手をひいて浅瀬の浅いとこを選んで

墤の塩、かつては海をやっていたこともわすれてきらきらである

翳りない季節にネットで眺めてた花火という品種の紫陽花

差し出したのはリンゴジュース。冷えていく思考のすみに港を隠して
iPhoneに蛍のような灯をともしあなたは絹のシャツを拾った

Small Talk

長椅子に沈みこむとき晩秋、ヴァニラがうすく指から香る

デッキの白い机のピザへ降ってくる初めての雨、冬のはじまり

告げている、砂漠で限りなく淡い虹みたことを、ドア閉めながら

絨毯のすみであなたは火を守るように両手で紅茶をすする
砂っぽいアカシアの葉をうつ雨がいま愛恋を追い抜いていく

くちばしの温かさを言っているあなたはオレンジジュース揺らして
潤沢な秋の陽のなかぶらんこは垂れる、さみしい碇のように

全集の紐の栞をもてあそぶ雪という字の似合うあなたは

夕方と呼べば夕方　季節の終りの柘榴を食べて手を拭く

ふわふわと賛辞を贈りあうカフェの遠景にある鳩の旋回

あなたの想念するクレヨン、そのどれも握りつぶせるほど柔らかい

天をさす腕のよう、とは言えないが尖塔に緑の光がともる
涸谷の底にアスファルトの道が朝にも黒い河として照る

いちじくの冷たさへ指めりこんで、ごめん、はときに拒絶のことば

気持ちまで読みきれないが飴色の灯りのしたに地毛が明るい

爪が食い込むとシーツは湖でそこにするどく漣がくる

すすき梅雨、あなたが車列に降る雨をそう美しい名で呼んだこと

世界を解《ほど》くときの手つきで朝一、あなたはマフィンの紙を剥ぐ

純粋といいきれたなら　上空に蜻蛉をとどめる風のさやかさ

崖からの夜景を眺め終えたのちあなたの外す眼鏡が冷える

記念日をもたない僕ら、お揃いで買う細い十二色クーピー

Googleの地図に賀茂川くだってくやがてあなたの母校が見える

燃えはせず朽ちてゆく木の電柱のその傾きに降る冬の雨

下がってく水位があって、だめだな、あなたと朝を迎えるたびに
褒めるときですます調になる僕はバーの液晶へ目を逸らす

Walking Talk

思えば、あれが時雨か　手をかざす青い炎に赤の交ざって

わかくさの濡れてる背なか見せながらあなたは何を取り出すのでしょう

黒いカーディガンは風に広がって向こうの広場の冬日が透ける

また言ってほしい。海見ましょうよって。Coronaの瓶がランプみたいだ

さよならが一つの季節であるならば、きっと／いいや、捨てる半券

Written Talk

鉛筆はいいね、目に見えて減ってくし。ポケットの中でつなぎなおす手

※

このストールを巻くたびに遭うかなしみの砂漠へ放つ、一羽の鷹を

唇の乾きに冬を知ることが、手紙はここで二枚目へ行く

電線に椰子の葉っぱがふれている　会わなくなった人の方が多い

Ｂ６のふるい手帳に記された海沿いはまだ曇りだろうか

終りの塩

スペインのアンダルシア Andalucía にはかつてアラブ人がいて、
アル＝アンダルス الأندلس という地名だった。

仙人掌を蔦のさみどりのぼりゆくスペイン、夏の、スペイン、夏野

夜からはビールも出すってさ　夕やみへ古文書みたいなメニューを渡す

山裾に白噴き出して山桜ずっとあなたは眠っていたが

幸せにもいくつかあって、待て、これは塩湖のように渇きの水だ

昔みたいに、でもぎこちない肩だった。冬の楓のようなあなたの

偶然と故意のあいだの暗がりに水牛がいる、白く息吐き

寝すごした。朝の港の水紋が五階の天井まで来て揺れる

旅先にひまわりを買いしかるべきのちに天然水へ挿し込む

屋上であなたが横から見せてきた地図に最初の雨粒は鳴る

虹が写真に収まることの不思議さをうなづきながらコップを拭いた

抱いたあなたが山女魚《やまめ》のように笑うとき僕はきれいな川でありたい

熱はない。あなたの額から指を離す、プールの蜻蛉みたいに

心中は別に冗談ではないのだが、モネ、睡蓮へ話は伸びる

あなたから香る桜をいつまでも忘れずに済む脳を下さい
美しく歳をとろうよ。たまになら水こぼしても怒らないから

ふりでもいい　夏のはじめに断崖の黄色い花、遠い花、愛

塩くらい残ればいいと煮えたぎる涙をあなたの二の腕に拭く

もう握り返してくれない掌《て》を握り、握ったまま死ねればよかった

幾何学模様みたいな心で路線図をにらむ（逸らせば泣いてただろう）

外からはアコーディオンのひだひだに見えるけどまっすぐな搭乗

別れたとき熱かったのに悲しみは冷えて河口のような光だ

北半球だからこちらも秋である着陸はなめらかじゃなくても
さくらんぼ食べられないのという声の記憶をうすく氷が覆う

陶片のようだシーツに落ちている月の光は。さよなら葉月

この雨の奥にも海はあるだろう　きっとあなたは寝坊などして

Ⅵ

砂漠を歩くと、関係がこじれてもう話せなくなってしまった人と、
死んだ人と、何が違うんだろって思う。

認めることの雪について

冷蔵庫ひらけば夕景のそれであり砂吐いている浅蜊の多く

春塵に太陽さえも遠くなり君は何かを早口に唱《い》う

スパゲッティ作りあうのを同棲の或る角度として砂時計

よく知らない画家の展覧会に来て天井の鉄骨を見てたね

磨りガラス越しにもわかる砂降りのかつてはリラが通貨であった

茄子にぎる手の映りこむ一枚は朝だとわかる　すごくありがとう

純白に満ちてて、結婚は汚れうる色で、君と砂漠まで逃げてきた

指輪のない指をからめてお互いの脳裏に銀の川を流した

生活に青をぼんやり探すとき夜の死海の波の高さよ

続編のように九月はきて磁器の欠けた部分へ唇あわす

ざくろジュースの減りが早い　リモコンに使ったことないボタンの赤、黄

吐くものがもうない君の吐く唾にかかってゆく透明な重力

僕らもう及んだあとだ　桶の水、朝には秋の水になってた

医師の掌もその説明もひらひらと黒あげは、頼む、どっかとんでけ

ああそうか夜の挿絵の三日月のようだ胎児は白く浮かんで

秋もこえてしまったアイス　ひるむことなく運命を浪費してこう

屠られた仔羊を見てきて夜中、心に桜の日々はあふれる

みっともないくらいさびしい　砂つもる路肩にうすく鳥の足跡

あっ、ビデオになってた、って君の声の短い動画だ、海の

雨に色彩のよみがえる坂道をのぼって君の凶暴を抱く

点ける前の花火は蕾、たくさんのつぼみを提げて歩いたじゃん、道

シチュー皿二枚をシチューで熱くしたかつてを思い出したら氷雨

君はタオルに埋もれるように髪を拭く。そして霙の最悪さを言う

窓に貼りつくのが雪で、ふりむけば部屋は光の箱であること

別にいいのにって言葉の裏にある庭へ出てCamel数本を吸う

君がそのマフラー巻けば冬、けど来年は、いや、二人だ、冬だ

朝も雪。路地は鯨の脊梁のように誰にも踏まれずにある

おもちゃのような愛だったかも　歩道橋、鳩がすごい感じで飛んでた

雪にすべての道は麻痺して一年で一番すきとおった風が吹く

糸杉の幹に触れつつ照れながら君は真冬の裏へ回った

悪について

指こそは悪の根源　何度でも一本の冬ばらが摘まれて

あとがき

本書は、十九歳から二七歳までの間、同人誌や機関誌、総合誌、結社誌などに発表してきた四一〇首を収めている。編年体にはしなかった。また、ほとんどの連作において事実ではなく真実を詠おうと努めた。

感情は、水のように流れていって、もう戻ってこないもの、のはずなのにシャーペンや人差し指で書き留めた瞬間に、よどんだ湖やまぶしい雪原になる、感情を残すということは、それは、とても畏れるべき行為だ、だから、この歌集が、光の下であなたに何度も読まれて、日焼けして、表紙も折れて、背表紙も割れて、砂のようにぼろぼろになって、いつの日か無になることを願う。

二〇一五年十一月十五日　砂の降る街にて　千種創一

文庫版あとがき

単行本に続き文庫版でも鮮やかな推薦文を下さったくるりの岸田繁さん、創作の本質にも触れる解説文を下さった市川春子さん、単行本の意匠を換骨奪胎した装丁を下さった名久井直子さん、相談に乗って頂いた筑摩書房の山本充さん、切磋琢磨し合える全ての友人たちに、心からの感謝と尊敬を。

二〇二二年十一月二日　雨のやさしい島にて　千種創一

解説——砂について

市川春子

この歌集からする不思議な匂いについて考えてみたい。

繊細な果実の甘さと血の混ざった匂いのことだ。この香りが漂うと視界はたちまち明け方の夢のようになりポツポツと開いた窓が見えるだろう。

そこだけ妙に明るく、覗けば誰かの額の産毛が光に揺らいでおりやや体温が感じられる。

どうなるんだろうと見つめていると窓の中に引き込まれてしまった。するとそこは知らない砂漠だ。足元の砂の一粒一粒の反射光を眺めていると、自分はこの光をすべて正確に死ぬまで覚えておけるかなと考える。無理だね。ならば我々の思い出は事実と言えるだろうか。

端末に収めた正確な記録を見返すことは何度あるだろう。記録の理由は二つあると思う。

ひとつは忘れるため、もうひとつは安堵のため。肉体の外へ保管し視聴消費が可能になることで、世界と人生が理解し易いストーリーとなる。だがそれら意義ある編纂から外され、すっかり忘れられたにも拘わらず、我々の意志を超え勝手に浮上してくる風景を誰もが持っているだろう。

そこにないカロリーメイトのパッケージの鮮やかな黄色、もういない親戚宅を最後に訪れた時の自分の足元、友達がトレーシングペーパーを一枚ひらりと取り出した背景の窓の外の空、なぜそのシーンなんだろうという、意味も理由も不明だが、異様に輝く断片の数々のことだ。

千種氏の歌は、それらの断片が堆積する領域が自分の中にあるということを気づかせてくれる。

画面越しの同情や、一瞬の本能、コーヒークリームが花を咲かせる音であり、胸に捩じ込まれた紙幣の色、それら分類できない感情達が反発したり重なり合ったりしながら輝く秘密の砂漠だ。

獰猛で自然な現実と、彼の繊細さはなぜか不思議と調和している。彼の砂漠へ観光に行ったつもりが、強風の中に誰かの世界征服の夢、美しく充実した人生であって欲しいという露骨で凡庸な願い、そして自分の最奥の記憶すら混ざっているのを見つけることになる。砂漠には砂漠が有るが何も無く、この世の全てが均等な気がする。因果は乾燥し軽く、縮こまった作意や善悪をすり抜けるのだろう。

現実の砂漠の砂は石英の微細粒であることが多い。本来石英は白や透明であるから、その集合体の砂漠は剥いた梨色に見えるはず。砂漠が赤茶色に見えることが多いのは、その石英一粒一粒が酸化鉄を纏っているからとのことだ。匂いの正体がわかった気がする。

（いちかわ・はるこ　漫画家）

本書は、二〇一五年十二月に青磁社より刊行された。

茨木のり子集　言の葉（全3冊）　茨木のり子

しなやかに凛と生きた詩人の歩みの跡を、詩とエッセイで編んだ自選作品集。単行本未収録の作品なども収め、魅力の全貌をコンパクトに纏める。

一本の茎の上に　茨木のり子

「人間の顔は一本の茎の上に咲き出た一瞬の花である」表題作をはじめ、敬愛する山之口貘等について綴った香気漂うエッセイ集。（金裕鴻）

詩ってなんだろう　谷川俊太郎

谷川さんはどう考えているのだろう。その道筋にそって詩を集め、選び、配列し、詩とは何かを考えるおおもとを示しました。（華恵）

山頭火句集　種田山頭火　村上護編　小崎侃・画

自選句集「草木塔」を中心に、その境涯を象徴する随筆も精選収録し、〝行乞流転〟の俳人の全容を伝える一巻選集！（村上護）

尾崎放哉全句集　村上護編

「咳をしても一人」などの感銘深い句で名高い自由律の俳人・放哉。放浪の旅の果て、小豆島で破滅型の人生を終えるまでの全句業。（村上護）

放哉と山頭火　渡辺利夫

エリートの道を転げ落ち、引きずる死の影を詩いあげる放哉。各地を歩いて生きて在ることの孤独と寂寥を詩う山頭火。アジア研究の碩学による省察の旅。

笑う子規　正岡子規＋天野祐吉＋南伸坊

「弘法は何と書きしぞ筆始」「猫老て鼠もとらず置火燵」。天野さんのユニークなコメント、南さんの豪快な絵を添えて贈る愉快な子規句集。（関川夏央）

絶滅寸前季語辞典　夏井いつき

「従兄煮」「蚊帳」「夜這星」「竈猫」……季節感が失われ、風習が廃れて消えていく季語たちに、新しい命を吹き込む読み物辞典。（茨木和生）

絶滅危急季語辞典　夏井いつき

「ぎぎ・ぐぐ」「われから」「子持花椰菜」「大根祝う」……消えゆく季語に新たな命を吹き込む読み物辞典。超絶季語続出の第二弾。（古谷徹）

詩歌の待ち伏せ　北村薫

〝本の達人〟による折々に出会った詩歌との出会いが生んだ名エッセイ。これまでに刊行されていた3冊を合本した〈決定版〉。（佐藤夕子）

すべてきみに宛てた手紙　長田弘

この世界を生きる唯一の「きみ」へ――人生のためのヒントが見つかる、39通のあたたかなメッセージ。傑作エッセイが待望の文庫化！（谷川俊太郎）

言葉なんかおぼえるんじゃなかった　田村隆一・語り　長薗安浩・文

戦後詩を切り拓き、常に詩の最前線で活躍し続けた伝説の詩人・田村隆一が若者に向けて送る珠玉のメッセージ。代表的な詩25篇も収録。（穂村弘）

夜露死苦現代詩　都築響一

寝たきり老人の独語、死刑囚の俳句、エロサイトのコピー……誰も文学と思わないのに、一番僕たちをドキドキさせる言葉をめぐる旅。増補版。

えーえんとくちから　笹井宏之

風のように光のようにやさしく強く二十六年の生涯を駆け抜けた夭折の歌人・笹井宏之。そのベスト歌集が没後10年を機に待望の文庫化！（穂村弘）

先端で、さすわ　さされるわ　そらええわ　川上未映子

すべてはここから始まった――。デビュー作にして圧倒的文圧を誇る表題作を含む珠玉の七編。第14回中原中也賞を受賞した第一詩集がついに文庫化！

水瓶　川上未映子

鎖骨の窪みの水瓶を捨てにいく少女を描いた長編詩「水瓶」を始め、より豊潤に尖鋭に広がる詩的宇宙。第43回高見順賞に輝く第二詩集、ついに文庫化！

春原さんのリコーダー　東直子

シンプルな言葉ながら一筋縄ではいかない独特な世界観の東直子デビュー歌集。刊行時の栞文や、花山周子による評論、川上弘美との対談も収録。

青卵　東直子

現代歌人の新しい潮流となった東直子の第二歌集。花山周子の評論、穂村弘との特別対談により独自の感覚に充ちた作品の謎に迫る。

回転ドアは、順番に　穂村弘　東直子

ある春の日に出会い、そして別れるまで。気鋭の歌人ふたりが、見つめ合い呼吸をはかりつつ投げ合う、スリリングな恋愛問答歌。（金原瑞人）

適切な世界の適切ならざる私　文月悠光

中原中也賞、丸山豊記念現代詩賞を最年少の18歳で受賞し、21世紀の現代詩をリードする文月悠光の記念碑的第一詩集が待望の文庫化！（町屋良平）

品切れの際はご容赦ください

おまじない 西加奈子

さまざまな人生の転機に思い悩む女性たちに、そっと寄り添ってくれる、珠玉の短編集、いよいよ文庫化！　巻末に長濱ねると著者の特別対談を収録。

通天閣 西加奈子

このしょーもない世の中に、救いようのない人生に、ちょっぴり暖かい灯を点す驚きと感動の物語。第24回織田作之助賞大賞受賞作。（津村記久子）

沈黙博物館 小川洋子

「形見じゃ」老婆は言った。死の完結を阻止するために形見が盗まれる。死者が残した断片をめぐるやさしくスリリングな物語。（堀江敏幸）

注文の多い注文書 小川洋子　クラフト・エヴィング商會

バナナフィッシュの耳石、貧乏な叔母さん、小説に隠された〈もの〉をめぐり、二つの才能が火花を散らす。贅沢で不思議な前代未聞の作品集。（平松洋子）

図書館の神様 瀬尾まいこ

赴任した高校で思いがけず文芸部顧問になってしまった清(きよ)。そこでの出会いが、その後の人生を変えてゆく。鮮やかな青春小説。（山本幸久）

僕の明日を照らして 瀬尾まいこ

中2の隼太に新しい父が出来た。優しい父はしかしDVする父でもあった。この家族を失いたくない！隼太の闘いと成長の日々を描く。（岩宮恵子）

星間商事株式会社社史編纂室 三浦しをん

二九歳「腐女子」川田幸代、社史編纂室所属。恋の行方も友情の行方も五里霧中。仲間と共に「同人誌」を武器に社の秘められた過去に挑む!?（金田淳子）

ラピスラズリ 山尾悠子

言葉の海が紡ぎだす、〈冬眠者〉と人形と、春の目覚めの物語。不世出の幻想小説家が20年の沈黙を破り発表した連作長篇。補筆改訂版。（千野帽子）

聖女伝説 多和田葉子

少女は聖人を産むことなく自身が聖人となれるのか？　著者の代表作にして性と生と聖をめぐる少女小説の傑作がいま蘇る。書き下ろしの外伝を併録。

ピスタチオ 梨木香歩

棚(たな)がアフリカを訪れたのは本当に偶然だったのか。不思議な出来事の連鎖から、水と生命の壮大な物語「ピスタチオ」が生まれる。（管啓次郎）

包帯クラブ　天童荒太

傷ついた少年少女達は、戦わないかたちで自分達の大切なものを守ることにした。生きがたいと感じるすべての人に贈る長篇小説。大幅加筆して文庫化。

つむじ風食堂の夜　吉田篤弘

それは、笑いのこぼれる夜。――食堂は、十字路の角にぽつんとひとつ灯をともしていた。クラフト・エヴィング商會の物語作家による長篇小説。

虹色と幸運　柴崎友香

珠子、かおり、夏美。三〇代になった三人が、人に会い、おしゃべりし、いろいろ思う一年間。移りゆく季節の中で、日常の細部が輝く傑作。（江南亜美子）

変半身《かわりみ》　村田沙耶香

孤島の奇祭「モドリ」の生贄となった同級生を救った陸と花蓮は祭の驚愕の真相を知る。悪夢が極限まで疾走する村田ワールドの真骨頂！（小澤英実）

君は永遠にそいつらより若い　津村記久子

22歳処女。いや「女の童貞」と呼んでほしい――。日常の底に潜むうっすらとした悪意を独特の筆致で描く。第21回太宰治賞受賞作。（松浦理英子）

アレグリアとは仕事はできない　津村記久子

彼女はどうしようもない性悪だった。すぐ休み単純労働をバカにし男性社員に媚を売る。大型コピー機とミノベとの仁義なき戦い！（千野帽子）

さようなら、オレンジ　岩城けい

オーストラリアに流れ着いた難民サリマ。言葉も不自由な彼女が、新しい生活を切り拓いてゆく。第29回太宰治賞受賞・第150回芥川賞候補作。（小野正嗣）

星か獣になる季節　最果タヒ

推しの地下アイドルが殺人容疑で逮捕!? 僕は同級生のイケメン森下と真相を探るが――。歪んだピュアネスが傷だらけで疾走する新世代の青春小説！

とりつくしま　東直子

死んだ人に「とりつくしま係」が言う。モノになってこの世に戻れますよ。妻は夫のカップに弟子は先生の扇子になった。連作短篇集。（大竹昭子）

ポラリスが降り注ぐ夜　李琴峰

多様な性的アイデンティティを持つ女たちが集う二丁目のバー「ポラリス」。国も歴史も超えて思い合う気持ちが繋がる7つの恋の物語。（桜庭一樹）

土曜日は灰色の馬　恩田陸

顔は知らない、見たこともない。けれど、おはなしの神様はたしかにいる――。あらゆるエンタメを味わい尽くす、傑作エッセイを待望の文庫化！

この話、続けてもいいですか。　西加奈子

ミッキーこと西加奈子の目を通すと世界はワクワク、ドキドキ輝く。いろんな人、出来事、体験がてんこ盛りの豪華エッセイ集！　（中島たい子）

なんらかの事情　岸本佐知子

エッセイ？　妄想？　それとも短篇小説？　……モヤッとするのに心地よい！　翻訳家・岸本佐知子の頭の中を覗くような可笑しな世界へようこそ！

絶叫委員会　穂村弘

町には、偶然生まれては消えてゆく無数の詩が溢れている。不合理でナンセンスで真剣だからこそ可笑しい、天使的な言葉たちへの考察。　（南伸坊）

柴田元幸ベスト・エッセイ　柴田元幸編著

例文が異常に面白い辞書。名曲の斬新過ぎる解釈。そして工業地帯で育った日々の記憶。名翻訳家が自ら選んだ、文庫オリジナル決定版。

翻訳教室　鴻巣友季子

「翻訳をする」とは一体どういう事だろう？　第一線の翻訳家とその母校の生徒達によるとっておきの超・入門書。スタートを切りたい全ての人へ。

買えない味　平松洋子

一晩寝かしたお芋の煮っころがし、土瓶で淹れた番茶、風にあてた干し豚の滋味……日常の中にこそある、おいしさを綴ったエッセイ集。　（中島京子）

杏のふむふむ　杏

連続テレビ小説「ごちそうさん」で国民的な女優となった杏が、それまでの人生を、人との出会いをテーマに描いたエッセイ集。　（村上春樹）

たましいの場所　早川義夫

「恋をしていいのだ。今を歌っていくのだ」。心を揺るがす本質的な言葉。文庫用に最終章を追加。帯文＝宮藤官九郎　オマージュエッセイ＝七尾旅人

うれしい悲鳴をあげてくれ　いしわたり淳治

作詞家、音楽プロデューサーとして活躍する著者の小説＆エッセイ集。彼が「言葉」を紡ぐと誰もが楽しめる「物語」が生まれる。　（鈴木おさむ）

ちくま文庫

砂丘律《さきゅうりつ》

二〇二二年十一月十日　第一刷発行

著　者　千種創一（ちぐさ・そういち）
発行者　喜入冬子
発行所　株式会社　筑摩書房
東京都台東区蔵前二―五―三　〒一一一―八七五五
電話番号　〇三―五六八七―二六〇一（代表）
装幀者　安野光雅
印刷所　中央精版印刷株式会社
製本所　中央精版印刷株式会社

ISBN978-4-480-43836-2　C0192